AF321362

PATRIOTIQUE & RÉFOR...
ILLUSTRÉE
PATRIOTIQUE
LE LIVRE DU PEUPLE
N° 41
ÉDOUARD LOCKROY
A TRAVERS
LIVRES & JOURNAUX
10
10
CENTIMES
LEBOULANGER
...RECTION DE J. LER...

Il paraît un volume par semaine. Chaque volume pris chez l'éditeur ou chez les libraires ou marchands de journaux, coûte **10 Centimes.**

Chaque volume envoyé *franco* par la poste, coûte **15 Centimes.**

Cette augmentation n'est pas autre chose que le prix réclamé par la poste. — Les cinquante premiers volumes sont :

1. **Victor Hugo.** — A travers son Œuvre.
2. **Général Boulanger.** — Biographie et Discours.
3. **Molière.** — Les précieuses Ridicules.
4. **Gambetta.** — L'affaire Baudin.
5. **Papiers et Correspondances de la Famille impériale.**
6. **Diderot.** — Ceci n'est pas un Conte.
7. **Ch. Floquet.** — Paris et la République.
8. **J.-J. Rousseau.** — Confessions. — L'Enfance.
9. **Ch.-L. Chassin.** — Le Centenaire de 89.
10. **Jules Claretie.** — Les Derniers Montagnards.
11. **J. Grévy.** — Biographie et Discours.
12. **Voltaire.** — Candide.
13. **Racine.** — Les Plaideurs.
14. **Restif de la Bretonne.** — Les vingt épouses des Vingt associés.
15. **Thiers.** — Le 18 mars.
16. **Desaugiers.** — Chansons.
17. **Danton.** — La Patrie en danger.
18. **Les Jésuites et leurs instructions secrètes.**
19. **Mercier.** — Paris en 1789.
20. **Jules Lermina.** — La France martyre.
21.
22. } **Molière.** — Le Tartufe.
23.
24. **Hégésippe Moreau.** — Contes. — La Souris blanche.
25. **Journiac Saint-Méard.** — Mon Agonie (1793).
26. **Mirabeau.** — Opinions et Discours.
27.
28. } **Beaumarchais.** — Le Barbier de Séville.
29.
30. **Lafontaine.** — Fables.
31. **J.-J. Rousseau.** — Le Contrat social.
32. **Barbès.** — Deux jours de Condamnation à mort.
33. **Molière.** — L'Ecole des Maris.
34. **Diderot.** — Les deux Moines.
35.
36. } **Beaumarchais.** — Le Mariage de Figaro.
37.
38. **Tony Révillon.** — Hoche.
39. **Lamennais.** — Le Livre du Peuple.
40.
41. } **X. de Maistre.** — La jeune Sibérienne.
42. **Edouard Lockroy.** — Biographie et Extrait.
43.
44. } **Longus.** — Daphnis et Chloé.
45. **Voltaire.** — Poésies.
46. **Eugène Spuller.** — Biographie et Discours.
47. **Corneille.** — Le Menteur.
48.
49. } **Rabelais.** — Gargantua.
50. **Camille Desmoulins.** — La Lanterne.

A TRAVERS LIVRES ET JOURNAUX

LES NAVIRES

Il a y a autant de diversité entre les bateaux qu'entre les hommes. Les bateaux composent une société qui a son aristocratie, sa bourgeoisie et sa plèbe. Les uns travaillent, les autres se battent; les autres flânent sur les mers comme des badauds sur le boulevard des Italiens. Ils portent différents costumes. Ceux-ci vont, tout de noir habillés, avec la mine pimpante de jeunes gens en tenue de bal; ceux-là sont peints de tons verts ou bleus qui rappellent le bourgeron des ouvriers, ou de couleurs sombres, qui font souvenir de l'uniforme des soldats.

1. LOCKROY (EDOUARD), journaliste et député, né en 1840. Il est fils de Joseph-Philippe Simon, dit Lockroy, qui fut comédien et auteur dramatique de grand mérite, l'un des auteurs de la *Conscience*, avec Alexandre Dumas, de *Bonsoir, monsieur Pantalon*, des *Dragons de Villars*, etc.

Edouard Lockroy s'adonna d'abord à la peinture, puis il partit avec Alexandre Dumas pour l'Orient, s'arrêta en Sicile auprès de Garibaldi et, s'engageant dans son état-major, se distingua dans l'expédition de Sicile (1860). Il a publié sous le titre de l'*Ile Révoltée* un récit de cette admirable expédition. Nous en donnons plus loin des extraits. Il accompagna ensuite Renan comme secrétaire et dessinateur, dans un voyage d'exploration archéologique en Judée et en Phénicie.

De retour en France, il commença à faire à l'Empire une guerre acharnée dans des articles très spirituels intitulés *Menus propos*, au *Figaro* particulièrement. Il fut un des fondateurs et rédacteurs du *Diable à quatre*. En 1869, il entra au *Rappel* fondé par Vacquerie et Meurice, et subit une condamnation à quatre mois de prison. En

A la façon dont ils se saluent quand ils se rencontrent, on devine leur profession, et l'on sait à quel monde ils appartiennent. Le prolétaire qui exerce le métier de caboteur ou le bourgeois qui voyage au long cours baissent humblement leur pavillon les premiers quand ils aperçoivent un vaisseau de l'Etat. Le vaisseau répond seulement par un petit mouvement de sa flamme, poli, mais sec. Autrement se conduit le même vaisseau quand le hasard le met nez à nez avec la citadelle qui défond un port de guerre. Alors il s'incline sur l'Océan; il abaisse son pavillon jusqu'au niveau des vagues, et subitement il lâche un gros coup de canon qui semble dire : « Belle dame, je vous présente mes respects. »

La forme de la coque, la disposition des voiles, l'inclinaison de la mâture ne disent pas seulement la profession, mais la nationalité. Le Hollandais ventru se promène sur l'eau avec des allures d'hercule de foire, opposant à la poussée des tempêtes un avant aplati par les formidables coups de poing qu'il a reçus dans ses luttes avec la mer du Nord. On devine une Anglaise en voyant une goëlette frêle et longue qui s'en va sautillant de vague en vague

septembre 1870, il fut nommé chef de bataillon de la garde nationale. Le 8 février 1871, il était élu député à l'Assemblée nationale par le département de la Seine. Pendant la Commune, il fit les plus grands efforts pour empêcher l'effusion du sang. Il fut arrêté par les Versaillais et détenu sans jugement pendant trois mois. Il s'est battu en 1872 avec M. Paul de Cassagnac. En avril 1873, il a été élu député par les Bouches-du-Rhône et a conservé depuis lors son siège à la Chambre. Il a épousé madame Charles Hugo et est père des deux « petits-fils du maître », Georges et Jeanne que leur grand-père a immortalisés. M. Lockroy est une des plus vaillantes et des plus sympathiques personnalités de notre époque. M. Lockroy a donné, le 30 décembre 1878, en collaboration avec M. Cormon, un opéra-comique en trois actes, intitulé *Suzanne*.

Ministre du commerce de 1885 à 1887, il a prouvé que sous le polémiste et le journaliste il y avait l'étoffe d'un homme d'Etat. Il a donné à l'œuvre de l'Exposition de 1889 une impulsion dont l'effet aura été tout puissant. A la chute du ministère Goblet, il est rentré dans la vie privée, travailleur infatigable pour le progrès et l'avenir de la patrie.

comme une jeune miss de pavé en pavé dans les rues
de Londres. Toutes ces voiles déployées, malgré la
bourrasque, indiquent un bateau pressé de gagner de
l'argent : c'est un citoyen américain. Cet autre est si
sale et si puant, qu'on ne peut douter de son origine
turque. Le Maltais porte au-dessous de son beaupré un
grand œil ouvert qui regarde à l'horizon. Les lourds
navires de Hambourg ou de Brême s'avancent si len-
tement malgré leurs machines de quatre cents chevaux,
qu'ils ont l'air de fumer leur pipe sur l'Océan. A leurs
ailes d'oiseaux qui se gonflent aux moindres brises, on
reconnait les balancelles espagnoles.

Ils sont là, pressés les uns contre les autres, troupeau
d'êtres formidables, parqués dans un port de mer, navires
de pêche et navires de commerce, caboteurs, baleiniers,
bateaux à vapeur, bateaux à voiles ; ne dirait-on pas des
ouvriers qui se reposent la journée finie ? Leurs grandes
vergues, lasses de tendre la toile, pendent comme des bras
fatigués le long des mâts. Des algues ramassées aux an-
tipodes sont prises encore dans les plaques de cuivre de
leurs carènes : épaves du chemin restées aux pieds des
voyageurs. L'effort a brisé les cordages ; les vapeurs sa-
lines ont rouillé les ancres. Et ces travailleurs s'appuient
contre le quai, suant le goudron, et délassant enfin, sur la
vase molle des marées basses, leurs membrures énormes
dont l'Océan a fait craquer toutes les côtes.

Ils ne se mêlent point ; chacun va retrouver, comme on
dit vulgairement, « sa société », Là, les gros bateaux qui
se sont enrichis dans le commerce des épices ou des grains,
reluisants, peints à neuf, ayant à l'avant soit un ange tout
doré, soit le buste d'un armateur qui ressemble invaria-
blement à M. Guizot. Ici, les caboteurs et les bateaux de
pêche, prolétaires de ce monde, pauvres gens, sales, mal
peints, et qui exhalent de mauvaises odeurs. Plus loin, les
yoles de plaisance et çà et là, paraissant marcher à la fil
comme un couvent en promenade, quelque pensionnat de
goëlettes.

Habent sua fata... Ils ont leur destinée, comme les

livres, comme les hommes. N'est-ce pas un salarié de nos fabriques ou un paysan de nos campagnes ce pauvre bateau de pêche qui laboure la mer par tous les temps et gagne sa vie au jour le jour ? Ce gros brick, qui guette le moment où le vieux continent aura besoin d'or et la Californie de chaussures, pour porter des cuirs en Californie et des lingots en Europe, n'est-il pas un spéculateur ? Les bateaux-postes n'ont-ils point la mine agile et pressé des facteurs ruraux ? Qui ne reconnaîtrait un sergent de ville en voyant un garde-côte flâner près des grèves suspectes, la flamme tricolore en tête et la caronnade au côté ?

Tous les personnages divers que nous coudoyons dans la vie, nous les retrouvons dans le port : le gredin qui s'embusque dans les criques des mers désertes et qui arrête les passants, le soir, pour leur demander la bourse ou la vie, le rentier, l'homme d'affaire, le soldat. Ce bateau mince, toujours propre, toujours verni, toujours tiré à quatre épingles, et dont les voiles ont la raideur et la blancheur d'un faux col, ce n'est point un yacht de plaisance, c'est un « gommeux. »

Le remorqueur est portefaix et la frégate grande dame. Comme elle passe, dédaigneuse, devant ces longues barques de la marine marchande, pauvres filles, vendues à la criée quand leur commerce va mal ! Comme elle salue gracieusement les vaisseaux de 90 et les vaisseaux de 120, ces hommes de ce monde ! Comme elle est fière, superbe, revêche, escarpée, et comme elle vous a des airs de duchesse ! Qui donc oserait lui prendre la taille ? Ne dirait-on pas qu'elle est prête à faire comme Lucrèce et à mourir plutôt que d'amener son pavillon. On a cependant connu des frégates qui se défendaient prodigieusement mal.

Dans les histoires de mer qu'on se raconte à bord, il est souvent question de l'âme du navire. L'imagination des matelots a doué de vie, de volonté et presque de sentiments cet être qui les porte aux extrémités du monde, et qui, à travers l'uniformité de l'étendue, sait retrouver le chemin du petit port où pleurent les familles inquiètes.

Cet être, ils l'entendent gémir dans les gros temps, quand
le vent fait grincer les cordages, ou que l'Océan arrache
au bois qui joue des plaintes aiguës et sinistres. Ils le
sentent frissonner à l'approche des tempêtes ; haleter en se
colletant avec les vagues ; plier, comme un lutteur, sous
l'effort gigantesque des eaux. Ce n'est plus pour eux,
dans ces moments graves, un assemblage quelconque de
pièces de bois, c'est quelqu'un qui souffre comme eux, et
qui comme eux combat ; c'est comme eux une victime de
la tourmente ; comme eux, un soldat qui défend sa vie sur
le champ de bataille infini des mers.

(L'Ile révoltée, 1 vol. in-18. — Dentu, 1877).

GARIBALDI

Une troupe de volontaires traversait, au pas accéléré,
ces décombres : c'étaient des hommes jeunes, portant la
moustache où la barbe. Ils avaient sur la tête un chapeau
mou, de feutre gris, à larges bords relevés ; sur le dos des
vareuses de toile rouge foncé, salies par la poussière et la
poudre. Tous portaient en bandoulière, comme les officiers portent leurs manteau en campagne, un foulard lie-
de-vin dont les deux bouts, négligemment noués sur leur
poitrine, tombaient jusqu'au ceinturon, à plaque de
cuivre, où pendait le coupe-choux. La fantaisie éclatait
seulement dans les pantalons. Les uns étaient noirs, les
autres blancs ; les autres, plus irréguliers encore, à car-
reaux ou à damiers. Ceux-ci se perdaient dans des guêtres
de cuir ; ceux-là couvraient presque entièrement des pieds
nus chaussés d'espadrilles. Soldats par le haut, les volontaires se terminaient en pékins. On eût dit que ces hommes,
encore bourgeois la veille, n'avaient eu le temps que de
passer une moitié d'uniforme. Une Révolution les avait
jetés, à demi-habillés, dans l'histoire.

Au milieu d'eux marchait, le sabre de cavalerie au côté, un homme petit, carré, robuste : torse de lutteur, bras de marin, qu'on devinait taillé pour les grandes fatigues de la guerre. Il était vêtu comme les soldats. Comme eux il portait un feutre gris sur la tête, et, autour du corps, un foulard lie-de-vin orné de dessins blancs, imprimés. Aucun signe distinctif sur la vareuse rouge : ni galons ni étoiles. Pourtant, rien qu'à le voir, on devinait le chef. Mieux qu'à une manche ou à un collet brodé, son grade se connaissait à l'expression de son visage. La victoire, pour les soldats, est comme le martyre pour les sectaires : elle met une clarté sur leur front.

Cet homme avait, en ce moment-là, quelque chose de supérieur et de plus qu'humain. Les émotions poignantes de la bataille, les joies du triomphe, l'attente des luttes à venir, avaient ennobli ses traits et imprimé à toute sa personne je ne sais quel caractère auguste. Plébéien, matelot, condottière, sans autre puissance que l'autorité de son nom, il avait osé, seul, défié un prince, et, seul, il avait réussi à s'emparer de la moitié d'un royaume devant l'Europe intimidée. On lisait dans son regard l'orgueil de cette prodigieuse aventure. Il joignait la fierté du libérateur à la majesté du justicier. Il était le prédestiné si longtemps attendu par cette Belle-au-bois-dormant : l'Italie. Rien de ce qui se passait autour de lui ne pouvait le distraire de sa pensée. Il marchait, indifférent, les yeux fixés sur quelque chose d'invisible. Absorbé dans son rêve, il voyait déjà Venise arrachée à l'Autriche ; Rome rendue aux Romains ; Naples conquise ; le peuple régénéré brisant ses chaînes ; la patrie ressuscitée sortant de sa tombe : Vision radieuse que l'éclair de son épée illuminait.

On ne regardait l'homme qu'après avoir vu le héros. Son front, dégarni déjà, large à la base, était coupé de rides transversales profondes et minces comme des coups de sabre. Deux mèches de cheveux châtains, mêlés de poils blancs, couvraient ses tempes. Sa barbe blonde était serrée, épaisse et dure ; son nez droit et fort ; son œil bleu, petit, et profondément enchassé.

Peut-être, si cet homme eût passé dans la rue, vêtu comme tout le monde, ne l'eût-on pas remarqué. C'était seulement en étudiant ses traits qu'on en découvrait la beauté réelle. Ils exprimaient la conviction profonde, le dévouement sans bornes, l'opiniâtreté invincible, s'ils n'étaient remarquables ni par la mobilité ni par cette extrême délicatesse qu'on admire souvent chez les méridionaux, ils avaient la robustesse, la force et l'extrême pureté des contours. Le regard, vif et clair, semblait un rayon échappé du foyer intérieur : ce jet de lumière éclairait la placidité du visage.

Outre l'uniforme des volontaires, cet homme portait, attaché sur ses épaules, un petit burnous blanc dont le vent agitait les plis. Une paire de pistolets était passée à sa ceinture. De temps en temps, il s'arrêtait pour saluer Sa main gauche, gantée, caressait le pommeau de son sabre.

Sur le passage de la troupe, une foule accourait de toutes parts, composée d'hommes du peuple, de femmes et d'enfants déguenillés qui sautaient pieds nus dans les décombres encore chauds et d'où s'élevaient de longues fumées bleues. Les fenêtres et les portes grinçaient sur leur charnières, et des têtes apparaissaient à toutes les ouvertures des maisons. Et, de ces fenêtres, de ces portes, du milieu de cette foule grouillante, un cri s'échappait, immense, que répercutait l'écho : Garibaldi !

(L'Ile révoltée).

PALERME

A trois milles en avant de Calatafimi, les éclaireurs signalèrent l'armée napolitaine.

L'armée napolitaine occupait une position formidable sur de gros mamelons qui commandaient la route. Elle avait pour chef un des lieutenants les plus expérimentés du roi de Naples : le général Landi.

Il fallait prendre les mamelons d'assaut l'un après l'autre. Garibaldi commanda de marcher à la baïonnette.

La bataille de Calatafami se composa de cinq ou six charges successives. A mesure que les Napolitains étaient délogés d'un mamelon, ils se retiraient sur un mamelon plus élevé, d'où ils mitraillaient celui qu'ils venaient de perdre.

On se disputa le terrain pied et pied. Tantôt Türr, tantôt Schiaffini, tantôt Bixio, tantôt Garibaldi lui-même conduisaient les colonnes d'attaque. Il y eut des traits héroïques et dignes d'Homère.

Comme ils gravissaient une pente, les légionnaires, pour laisser passer un coup de mitraille, se couchent subitement à plat ventre. Garibaldi, qui les conduisait, reste debout. Deux officiers s'élancent auprès de lui et le supplient de ne point s'exposer.

— Laissez, dit Garibaldi, je ne retrouverai jamais ni meilleure compagnie, ni plus beau jour pour mourir.

Menotti s'avance en tête de ses hommes, tenant un guidon tricolore à la main. Au bout de dix pas, une balle l'atteint au bras et l'oblige à lâcher le guidon.

Schiaffini le ramasse, marche à l'ennemi et crie : — En avant ! Il est tué raide. Un troisième reprend le guidon, fait trois pas, et est tué. Uu quatrième reprend le guidon, et est tué. Les Napolitains épouvantés fuient.

Les Napolitains avaient montré un grand courage. Ce ne fut qu'après avoir épuisé leurs munitions qu'ils lâchèrent pied. N'ayant plus de cartouches, ils défendirent le dernier mamelon à coups de pierres. Garibaldi reçut une de ces pierres à l'épaule et fut blessé.

La bataille dura cinq heures.

Le combat de Calatafimi conduisait Garibaldi aux portes de Palerme. Mais là devaient commencer pour lui des difficultés plus sérieuses. A Palerme étaient concentrées toutes les forces napolitaines : artillerie, infanterie, cavalerie ; vingt mille hommes environ.

Garibaldi n'avait avec lui que les chasseurs des Alpes, dont la victoire avait déjà diminué le nombre, et deux ou trois milliers de paysans siciliens. C'était avec ces quelques hommes, indisciplinés pour la plupart, qu'il se préparait à prendre une ville, à anéantir une armée et à conquérir un royaume.

Attaquer Palerme, ainsi défendue, n'était point possible, même après la victoire de Calatafami. Il fallait obliger les troupes royales à se diviser. Ce fut le but des opérations de Garibaldi.

Le 20 mai, c'est-à-dire trois jours après la bataille, Garibaldi, après avoir campé à Alcamo et à Partenico sans rencontrer de résistance, arriva en vue de Palerme, par la route qui se dirige au sud, ouverte, vers Montreale. C'était par cette route, la plus directe, qu'on l'attendait.

En avant de Montreale, dix-huit mille Napolitains étaient rangés en bataille. Le soir tombait, Garibaldi prit position en face de l'armée royale.

Attaquer l'ennemi et tenter de lui passer sur le ventre, eût été de sa part insensé. Quelque héroïques que fussent les volontaires, le nombre les eût accablés. La position était critique. Battre en retraite, c'eût été perdre les avantages d'une première victoire; c'eût été plus; c'eût été se résigner à la défaite. On laissait à l'ennemi le temps de se reconnaître et de revenir de la stupeur où ses revers l'avaient déjà plongé.

Après quelques mouvements pour obliger les Napolitains à diviser leurs forces, Garibaldi, désespérant de réussir, résolut de tenter une marche à travers les montagnes qui s'étendaient à sa droite et le séparaient des villages de Parco, de Piano dei Greci et de la route de Corleone.

Ces montagnes passaient pour inaccessibles. Refuge des bandes siciliennes et des batteurs d'estrades, elles n'étaient guère habitées que par des pâtres. Nulle route n'y était tracée : nul chemin. Il fallait, pour les franchir, escalader des rochers et descendre dans des gouffres. Un homme seul aurait hésité à s'aventurer là pendant le jour.

C'était la nuit que Garibaldi méditait d'y conduire son artillerie et son armée.

Pour mieux tromper les troupes royales qu'il avait devant lui, Garibaldi ordonna d'allumer les feux de bivouacs. Il laissa deux cents paysans pour les garder et pour faire, pendant la nuit, le coup de feu. Puis il ordonna au gros de la troupe de lever le camp. Les hommes démontèrent les canons. Ils s'attelèrent pour les tirer. On s'engagea dans les gorges désertes; on commença l'ascension périlleuse des sommets. La pluie tombait. L'obscurité donnait plus de profondeur aux précipices et plus de hauteur aux cimes. On entrait dans les nuages qui montaient du fond de la vallée le long des pentes. C'était un spectacle fantastique et extraordinaire. L'armée sautait de rochers en rochers comme un immense troupeau de chèvres, silencieuse toujours, et sans qu'une exclamation ou qu'un murmure troublât le silence terrible de la nuit.

Au petit jour, l'armée, qui n'avait perdu ni un homme ni une cartouche, arriva à Parco. Elle s'y retrancha.

Les premières dispositions prises, Garibaldi partit en reconnaissance sur la montagne Pizzo del Fico, accompagné de Türr et de quelques officiers. Arrivé au sommet, il aperçut de grands mouvements de troupes sur la gauche vers Montreale. C'étaient les Napolitains qui venaient de s'apercevoir qu'ils n'avaient devant eux que deux cents paysans et un bivouac abandonné. Devinant la marche extraordinaire de la nuit, ils exécutaient un mouvement tournant et manœuvraient pour prendre en flanc les légionnaires. En même temps, une troupe, sortie de Palerme, s'avançait sur la route de Parco, avec l'intention évidente d'attaquer de front. Le péril était devenu imminent.

Garibaldi, revenu au camp, commanda à ses hommes de faire demi-tour, et, toujours suivant les crêtes, il rétrograda jusqu'à Piano dei Greci.

Là, on tint un conseil de guerre. Türr, Crispi, Orsini et Sistori y assistaient. Garibaldi leur exposa un plan de campagne qui fut adopté, et où se révélait toute l'audace de son grand génie militaire.

L'armée se mit en route pour le sud, suivant le chemin de Corleone, comme si elle avait voulu gagner l'intérieur de l'île et qu'elle eût renoncé à Palerme. Les Napolitains, croyant à une retraite, marchèrent à sa suite. Cette retraite était feinte. Au bout d'un demi-mille, Garibaldi, profitant de l'obscurité du soir, se jeta à gauche, dans la montagne, avec le gros de sa troupe. Il laissa filer sur Corleone son artillerie, qu'il abandonna, avec quelques hommes commandés par Orsini.

Les Napolitains suivirent Orsini et l'artillerie qui, de temps en temps, leur envoyait, de loin, une volée de mitraille.

Pendant ce temps-là, Garibaldi exécuta son plan. Il marcha de nuit vers le nord-ouest, sur Marineo et Misilmeri. Et alors, après avoir trompé une première fois l'armée napolitaine, dont une partie le cherchait encore autour de Montreale, après l'avoir trompée une seconde fois en lui prendre le chemin de Corleone, sans s'inquiéter des vingt mille hommes qui battaient la campagne sur son aile gauche et sur ses derrières, il marcha droit au but et il se rua sur Palerme. La garnison étourdie et stupéfaite n'en sut point défendre l'entrée. Les légionnaires se répandirent dans la ville terrifiée et la reveillèrent par ce cri : Aux armes!

En une demi heure, les barricades s'élevèrent. Le combat s'engagea. Le peuple fut debout.

(L'Ile révoltée).

DISCOURS SUR LE RECRUTEMENT DE L'ARMÉE

(DISPENSES)

Vous n'avez pas oublié, je pense, la décision du Concile de 1870. Ah! si vous pouviez venir me prouver ici

que l'Eglise est toujours la même et que le Concile a res·
pecté les libertés de l'Eglise gallicane ; si vous pouviez
me prouver que l'Eglise enseigne toujours que les déci-
sions du Pape sont réformables par les Conciles ; si vous
pouviez me prouver que l'Eglise n'a pas empiété sur le
pouvoir temporel ; oui, peut-être alors serais-je disposé
à examiner avec vous si véritablement, du Concordat, on
peut tirer quelque chose qui se rapporte au recrutement
des prêtres. Mais vous savez bien qu'il n'en est pas ainsi,
et que, pour qu'il en fut ainsi, il faudrait rayer toute une
page de l'histoire contemporaine ; qu'il faudrait oublier un
des faits les plus importants qui se soient passés dans la
chrétienté depuis dix siècles ! Il faudrait oublier le Con·
cile de 1870, qui a renversé tous les anciens principes, proclamé l'infaillibilité du pape, et qui a anéanti les libertés
de l'Eglise gallicane !

Il les a anéanties à ce point que si Bossuet revenait au
monde aujourd'hui, il serait considéré comme schismati-
que... (Rumeurs à droite.) Et s'il ne se soumettait pas
comme l'a fait le Père Gratry et quelques évêques célèbres,
il serait obligé de se réfugier rue Rochechouart et d'y
fonder une petite Eglise. (Applaudissements et rires à
gauche.)

M. FRÈPPEL. Bossuet aurait voté l'infaillibilité à deux
mains en vertu de ses propres principes !

M. EDOUARD LOCKROY. Monsieur l'évêque d'Angers, per-
mettez-moi de vous dire que nous n'en savons rien, ni l'un
ni l'autre.

Eh bien, messieurs, je dis que vous n'êtes pas obligés
de remplir les engagements de l'Etat vis-à-vis de l'Eglise,
qui ne remplit pas les siens. (Très bien ! à gauche.)

Je dis que rien ne vous a plus lié vis-à-vis de l'Eglise,
à partir du moment où l'Eglise, je le répète, a rompu tous
les engagements qu'elle avait contractés envers l'Etat et
que le Concordat lui imposait. (Nouvelle approbation.)

D'ailleurs, messieurs, voudriez-vous, pourriez-vous
consacrer cette anomalie ? Accepteriez-vous d'avoir, à la
fois, deux sortes d'enseignements ; accepteriez-vous que

dans vos écoles, où vous avez introduit l'enseignement civique, d'un côté, un instituteur enseignât le respect du suffrage universel, le respect de la souveraineté nationale, le respect de la liberté de conscience, le respect de la liberté de la presse, de la liberté de réunion, de toutes les libertés : et que, d'un autre côté, un autre instituteur, parlant celui-là au nom du Syllabus, enseignât le mépris de la souveraineté nationale, le mépris du suffrage universel, le mépris de toutes les libertés...

M. Paul Bert. Oui, sans cela il serait hérétique !

M. Edouard Lockroy. Et que, planant au-dessus de ces deux enseignements, l'Etat les subventionnât également et les déclarât également nécessaires à la vie publique et au salut de la société ?

Non, non, vous n'admettrez pas un pareil état de choses ; vous n'admettrez pas cette anomalie, vous n'admettrez pas cette contradiction !

Et, messieurs, puisqu'il est question du recrutement des prêtres et que c'est dans l'intérêt du recrutement du clergé qu'on nous parle, je vous dirai que ce n'est pas aux pouvoirs publics, à un gouvernement républicain qu'il appartient de s'en occuper, ni, surtout, à un gouvernement qui a proclamé l'indifférence en matière de religion.

Le recrutement du clergé ! Mais si l'Eglise est forte, si elle est un principe éternel, comme on le prétend, elle n'a pas besoin de nous.

A gauche. Très bien ! très bien !

M. Edouard Lockroy. Si, au contraire, l'Eglise est faible, si la foi se meurt, si le catholicisme doit finir un jour, c'est vous qui n'avez pas besoin de l'Eglise ! (Applaudissements à gauche.)

M. le Rapporteur. Nous ne nous en préoccupons pas !

M. Edouard Lockroy. Pardon, monsieur le rapporteur, c'est surtout au Gouvernement que je m'adresse en ce moment. (On rit.) Je sais que vous vous en préoccupez très peu. Je dis donc au Gouvernement : Vous êtes en contradiction avec les lois que vous avez vous-même proposées et que la Chambre a votées ; vous êtes en contradiction avec les lois concordataires elles-mêmes, avec la situation qui nous est faite vis-à-vis de l'Eglise. Ne craignez-vous pas aussi d'être en contradiction avec la nature même des choses, et vous êtes-vous demandé si, véritablement, l'instituteur et le prêtre rendaient à la société des services équivalents et s'ils devaient être récompensés de la même manière par l'Etat? Vous êtes-vous demandé, en un mot, si leur rôle était le même dans l'ordre social?

Je ne reviendrai pas sur le rôle de l'instituteur. Il a été admirablement peint et décrit plusieurs fois à cette tribune par l'honorable M. Paul Bert.

L'instituteur! C'est lui qui forme les hommes honnêtes et laborieux; tous ceux qui pensent, tous ceux qui produisent, tous ceux qui travaillent : les artisans, les ouvriers, les paysans, les bourgeois sortent pour ainsi dire de ses mains. C'est lui qui a pour mission de transmettre à la génération nouvelle le dépôt des connaissances humaines qu'elle devra, à son tour, transmettre agrandi aux générations à venir; sa vie tout entière est consacrée à l'Etat.

Il n'en est pas de même du prêtre. Comme le disait admirablement, tout à l'heure, l'honorable M. Madier de Montjau, la vie du prêtre est différente: le prêtre travaille, non pas pour l'Etat, mais pour son Eglise, pour son dogme, pour sa secte; il ne se préoccupe de l'homme que pour sauver son âme, pour lui éviter les pièges de l'enfer et lui faire gagner le paradis. Sans doute, il y a là un intérêt en jeu, mais ce n'est point l'Etat qui en profite.

Quand un instituteur arrache un esprit à l'ignorance, à la barbarie, c'est à l'Etat qu'il le donne. Quand un prêtre conquiert une âme, ce n'est pas à l'Etat qu'il la donne, c'est à l'Eglise. L'œuvre du prêtre est une œuvre de sauvetage individuel; l'œuvre de l'instituteur est une œuvre de conservation et d'amélioration sociale.

(Chambre des députés, séance du 14 mai 1881).

DISCOURS SUR LES SYNDICATS PROFESSIONNELS

Messieurs, en examinant les arguments qui nous sont opposés, nous voyons qu'ils peuvent se résumer en un seul : c'est que la classe ouvrière n'est encore mûre ni pour la liberté ni pour l'égalité ; c'est qu'il faut la tenir en tutelle pour ainsi dire ; qu'elle n'est pas, comme nous le croyons, divisée d'opinion sur toutes choses, non seulement sur le but à atteindre, mais encore sur les moyens à employer ; mais qu'elle se réunit tout entière dans une même colère, dans une même revendication et dans une même espérance de renversement et de bouleversement de l'ordre social.

Nous répondons à cela par quoi ? Par les faits qui passent sous nos yeux.

Les ouvriers, comme les bourgeois, sont divisés d'opinion sur toute espèce de choses ; le plus grand nombre de ceux qui composent ce qu'on appelle la classe ouvrière n'attend son affranchissement et son émancipation que de la justice et de l'équité des représentants du suffrage universel. (Applaudissements à l'extrême gauche.)

Maintenant, je veux bien admettre qu'il y a, en effet, deux partis chez les ouvriers : celui que j'appellerai le parti du suffrage universel et celui qu'on a appelé au Sénat le parti de la force et de la violence.

Eh bien, soit ! Mais cela veut-il dire que le parti de la force et de la violence soit si redoutable, et que la société en ait tant à craindre ? Mais, pour se rendre compte de peu de puissance, il n'y a à faire qu'une opération fort simple et qui est à la portée de tous ceux qui ont reçu les éléments de l'instruction primaire... — c'est assurément le cas des sénateurs. (Rires.) — Il suffit de faire une addition, de prendre les tableaux électoraux et de voir si le parti de la force et de la violence, qui a eu ses candidats dans tous

les grands centres ouvriers, a pu faire pénétrer un seul de
ses représentants soit dans l'enceinte sénatoriale, soit dans
l'enceinte de la Chambre des députés !

Ce parti de la force et de la violence, au milieu duquel il
y a assurément des hommes que j'honore beaucoup, parce
qu'ils ont risqué leur vie pour une idée, — ce qui est rare
dans tous les partis, — croyez-vous qu'il soit à craindre ?
Est-ce qu'il n'est pas beaucoup moins à craindre dans la
République française que dans beaucoup d'autres pays ?
Est-ce qu'il n'est pas beaucoup moins à craindre en France
qu'en Russie, par exemple, ou même qu'en Angleterre, en
Irlande, en Italie et en Espagne ?

D'ailleurs, ce parti de la violence, il faut vous habituer
à le coudoyer et à vivre avec lui, surtout dans un pays
libre, dans une démocratie. (Applaudissements à gauche.)

Assurément, messieurs, r·us ne serions dignes ni du
nom d'hommes politiques ni du nom d'hommes d'Etat si,
parce que je ne sais quelle parole incendiaire a été pro-
noncée dans je ne sais quelle réunion publique ; si, parce
que je ne sais quel article incendiaire a été publié dans je
ne sais quel journal, nous devions refuser au pays les réformes qu'il réclame et les progrès dont il a le plus impé-
rieusement besoin? (Nouveaux applaudissements sur les
mêmes bancs.)

Messieurs, quand nous leur répondons cela, nos adver-
saires se retranchent immédiatement sur le terrain de la
liberté et du droit commun. Et j'ai entendu non seulement
au Sénat, mais ici, dans les couloirs, dans les bureaux de
la Chambre, reproduire cet argument. Eh quoi! nous
dit-on, vous voulez faire des lois spéciales pour les ouvriers? Vous venez nous demander des lois exceptionnelles pour les ouvriers? Mais, est-ce que les ouvriers ne
sont pas des citoyens comme les autres? Est-ce qu'ils ne
peuvent pas vivre sous le droit commun? Est-ce que la
Révolution française n'a pas, au contraire, détruit toutes
les lois spéciales concernant les ouvriers et n'a pas forcé
tout le monde à vivre sous le droit commun?

Voilà ce qu'on a dit non seulement au Sénat, mais dans

les bureaux de la Chambre, et je crois que M. Graux doit venir défendre cette thèse à la tribune.

Eh bien, oui, nous voulons faire des lois spéciales, exceptionnelles pour les ouvriers; mais pourquoi cela? (Réclamations sur plusieurs bancs à gauche.)

C'est que nous reconnaissons que les ouvriers sont dans une situation exceptionnelle et spéciale, et que, pour remédier à cette situation, il faut des lois exceptionnelles et spéciales. Cette situation exceptionnelle et spéciale, vous l'avez reconnue vous-mêmes le jour où vous avez voté la loi sur les heures de travail, la loi sur la responsabilité des patrons; le jour où vous avez voté la loi sur les chambres syndicales, toutes lois spéciales! C'est qu'il est arrivé, en effet, pour les ouvriers, depuis le grand mouvement économique qui a marqué le commencement de ce siècle, d'être dans une situation exceptionnelle et spéciale à laquelle il faut un remède immédiat.

Hé! sans doute! j'entends bien! mieux vaudrait une loi générale sur l'association! Mais cette loi, depuis treize ans que nous l'avons proposée à l'Assemblée de Bordeaux, nous l'avez-vous donnée? Mais le Sénat vient d'en repousser une il y a quelques jours; celle qui est promise n'est pas encore déposée sur le bureau de la Chambre, et d'ailleurs, il n'est pas démontré que, quand même nous aurions une loi générale sur les associations, il ne faudrait pas encore faire une loi spéciale pour les associations purement ouvrières, et peut-être le demanderions-nous encore à cette tribune.

C'est qu'en effet l'ouvrier, avant la Révolution, emprisonné, enfermé dans ses maîtrises et dans ses jurandes, formait une sorte de caste à part, qui était comme le dernier groupement de l'aristocratie. Au dessous de lui, il y avait une autre classe d'hommes qui n'avait pas le monopole du travail, car le travail était un monopole dans cette société-là, comme le reste.

La Révolution est venue, elle a brisé ces castes et ces privilèges, les maîtrises et les jurandes, elle a relevé la dignité de l'homme, en appelant chacun à vivre de son in-

telligence, de son labeur et de son travail ! Mais en refu-
sant aux ouvriers, comme le faisait la loi Chapelier, le
droit de discuter « des intérêts prétendus communs », —
et c'est là peut-être ce qu'il y avait de fondé et de juste
dans la théorie de M. de Mun, l'autre jour, — en leur re-
fusant de créer des associations libres, des chambres syndicales ouvertes, à la place des corporations qu'elle sup-
primait, la Révolution a laissé les ouvriers désarmés
devant le grand mouvement économique qui se préparait,
devant la fédération des capitaux qui allait s'accomplir !
(Applaudissements à gauche.)

En effet, au commencement de ce siècle, ce fut un mouvement prodigieux tel qu'on n'en avait jamais vu ; ce fut
une révolution économique qui éclata : les découvertes
succédèrent aux découvertes ; ce furent la vapeur, l'élec-
tricité, les machines ! Et l'industrie, aidée de la science,
se mit à refaire la société et à en reconstituer une nouvelle : elle changea les conditions de la vie individuelle ;
les rapports des nations entre elles ; elle introduisit dans
le monde une force plus puissante peut-être que toutes les
forces qui avaient existé jusqu'alors, celle de l'argent ; elle
transféra le pouvoir de l'homme d'épée, de l'homme
d'étude à l'homme d'affaires, et elle fit surgir une nouvelle
classe sociale entre les mains de laquelle elle remit les des-
tinées du pays. (Applaudissements à gauche.)

Ce prodigieux mouvement, ce développement de richesse
et d'activité devaient créer une situation spéciale à l'homme
du labeur : il dépeupla les campagnes au profit des villes,
appela toute une population d'ouvriers dans les grands
centres industriels ; l'industrie se mit à refaire ce qu'avait
autrefois tenté la religion : elle fit germer dans tous les
cerveaux des idées d'internationalisme, tenta d'effacer
les frontières, de mêler les races et les nations ; et les ca-
pitalistes qui se mirent dans le mouvement n'eurent déjà
pas plus de patrie qu'ils n'en ont aujourd'hui et que n'en
eurent autrefois les apôtres. (Nouveaux applaudissements
à gauche.)

Eh bien, je dis que ce fut une situation spéciale que

l'on créa alors aux hommes de labeur, à ces travailleurs, à
ces ouvriers, que la multiplicité de la production, que la
facilité des transports, que la création des machines, que
l'acharnement de la concurrence condamnèrent aussitôt et
d'une manière normale au chômage et à la misère ! Je dis
qu'ils se trouvèrent dans une situation spéciale et exceptionnelle, entre le bourgeois, que l'industrie avait fait riche, et le paysan, que la Révolution avait fait propriétaire.
(Applaudissements.)

La situation fut tellement grave que vous n'en trouverez
pas une semblable dans toute l'histoire de l'humanité.

Le moyen-âge avait essayé, mal essayé, il est vrai, mais
il avait essayé de défendre le travail avec ses corporations, avec ses maîtrises, avec ses jurandes. L'antiquité,
en échange de sa liberté, avait accorde au travailleur la
sécurité de la vie ! On a dit à la tribune du Sénat, on a dit
à cette tribune, — ce qui est faux, d'ailleurs, — que le
christianisme avait détruit l'esclavage. Mais quelle liberté
avait-il donnée à l'homme de labeur, sinon la liberté de
mourir de faim ? (Nouveaux applaudissements.) Et la Révolution avait-elle été plus heureuse dans ses réformes,
elle qui l'avait délivré comme citoyen, mais qui l'avait ac-
cablé comme prolétaire, si bien qu'il avait porté à lui seul
le poids des deux grands événements qui ont changé la face
du monde ?

Eh bien, je dis que ce fut là une situation anormale faite
à cet homme qui, dans la société moderne, se mit tout à
coup à personnifier la misère : à cet homme qui, d'après
l'expression si forte et si admirable de Louis Blanc, était
« le damné de l'enfer social » ; qui tenait dans ses mains
l'outillage du monde entier ; qui, s'il s'arrêtait de travail-
ler une heure, une minute, une seconde, arrêtait le fonc-
tionnement de la société ; qui était le principal moteur de
la civilisation et qui en était aussi la victime ! (Applaudissements.)

Eh bien, cet homme, il eut dès lors une position si exceptionnelle, si spéciale, qu'aussitôt il devint suspect à
tous les pouvoirs, que tous les pouvoirs s'armèrent contre

lui. (Applaudissements à gauche.) Et, quand arriva un gouvernement qui s'intitulait lui-même un gouvernement démocratique, quand vint l'Empire, que fit-il pour l'ouvrier? la loi de 1864, qui est un piège ou un leurre; la loi de 1867, qui est un leurre ou un piège; la tolérance des syndicats professionnels, qui était à la fois un piège et un leurre, qui était faite pour le mieux espionner, pour le mieux surveiller et le mieux attirer dans les filets de la démocratie césarienne! (Applaudissements.)

Il arriva alors que cet homme, — cela était tout naturel, — que cet ouvrier, avec son énergie, avec son enthousiasme, avec sa faculté d'expansion, avec son esprit de propagande, devait venir et vint au parti républicain; et qui pourrait donc dire aujourd'hui que ce n'est pas en partie à cette énergie, à cet enthousiasme, à cet esprit de propagande que vous devez l'établissement du régime actuel? (Nouveaux applaudissements.)

Eh bien, messieurs, savez-vous quelle grave question se pose devant vous? C'est la question de savoir ce que la République va faire pour cet ouvrier qui a tant fait pour elle, comment elle va traiter cet homme qui s'est dévoué tant de fois pour elle et qui l'a si ardemment aimée? C'est à la grande question qui domine aujourd'hui toutes les questions contemporaines. (Applaudissements à gauche.) Auprès de cette question, toutes les autres sont secondaires et accessoires. Disons plutôt, messieurs, qu'il y a deux questions qui dominent la politique. La première est la question militaire, car c'est de sa solution que dépendent notre sécurité extérieure et notre indépendance nationale. La seconde, c'est la question économique, ouvrière, sociale, comme vous voudrez l'appeler, d'où dépendent notre prospérité et notre sécurité intérieure! (Nouveaux applaudissements sur les mêmes bancs.)

Pour la résoudre, cette dernière question, deux politiques sont en présence. Si vous voulez aller aux ouvriers, leur accorder ce qu'ils demandent de légitime, de raisonnable, sans compter, sans leur donner petit à petit la liberté; si vous vous montrez dégagés de tous les préjugés d'autrefois, si surtout vous leur accordez cette loi dont ils attendent, plus que toutes les autres, leur émancipation et leur affranchissement, vous verrez les ouvriers s'affermir dans les sentiments républicains et vous verrez diminuer de jour en jour, se fondre d'heure en heure, le parti de la force et de la violence. (Marques d'assentiment à gauche.) Mais si, au contraire, vous paraissez imbus des préjugés d'autrefois, si vous comptez la liberté à l'ouvrier, si vous lui montrez la défiance du temps passé, prenez garde, messieurs ! car vous verrez alors les ouvriers s'en aller tous vers ce parti de la force et de la violence, et, ce qui serait plus funeste et plus triste, tomber dans cette apathie que vous avez constatée une fois déjà et qui les a fait assister, découragés la plupart, à la chute de la deuxième République et au crime du 2 décembre ! (Vifs applaudissements à gauche.)

L'orateur, en regagnant sa place, reçoit les félicitations de ses collègues.

(Chambre des députés, séance du 16 juin 1883).

DISCOURS SUR LE RECRUTEMENT DE L'ARMÉE

M. Edouard Lockroy. Si le service devient égal pour tout le monde, si tout le monde passe sous les drapeaux, il faut que tout le monde y passe réellement, que la loi cesse d'être ce qu'elle a été jusqu'aujourd'hui, une tromperie et une étiquette, il faut qu'elle constitue ce qu'elle a prétendu constituer et ce qu'elle n'a pas constitué : en effet, une armée véritablement démocratique, qui ne renferme rien de ce qui de près ou de loin pourrait rappeler les tendances des régimes du temps passé. (Très bien, très bien, à gauche.)

Cela est nécessaire, non pas seulement parce que la France a besoin du concours de tous ses citoyens, mais aussi parce qu'il n'y a d'armées véritablement fortes, véritablement redoutab'es que celles qui sont, pour ainsi dire, la représentation du pays et où se trouvent reproduites avec un soin méticuleux, les institutions et les mœurs de la nation, qu'elles sont appelées à défendre.

Ce n'est pas que le nombre soit un élément négligeable, non ; le nombre est quelque chose sans doute; mais ce qui est plus encore sur le champ de bataille, c'est le sentiment de la patrie présente et agissante incarnée tout entière dans les quelques centaines de mille hommes qui ont accepté de combattre en son nom. Il faut que le soldat sente que la guerre met en présence, non pas seulement une armée contre une armée, mais un état social contre un état social, une race contre une race, et il aura cette conviction et ce sentiment que le jour où il retrouvera autour de lui les mœurs, les idées et jusqu'aux préjugées de la nation à laquelle il appartient. (Applaudissements à l'extrême gauche.)

On comprend que, dans une société monarchique ou oligarchique, l'aristocratie puisse échapper au poids des charges militaires; on comprend aussi qu'ayant la direction des affaires pendant la paix elle puisse prendre le commandement des armées pendant la guerre, se prolonger, pour ainsi dire, dans les rangs de la troupe et assumer la responsabilité du sang qu'il faut verser. Mais dans une démocratie comme la nôtre, dans une démocratie qui ne connaît plus ni le nom, ni la fortune, les priviléges que vous accorderiez à l'un ou à l'autre seraient de funestes contre-sens pour le peuple, et pour l'armée une cause de faiblesse irrémédiable. (Applaudissements sur les mêmes bancs.)

Des armées! oh! nous en avons eu de glorieuses! Mais toutes se sont modelées, pour ainsi dire, sur la société qui les avait commises à sa protection, à sa défense. L'armée de l'ancien régime, cette armée aristocratique, oligarchique, où les hommes du peuple avait seulement le droit de tenir le fusil, où il fallait être noble pour commander, où il fallait être duc ou prince pour gagner des batailles, à victoire se refusait obstinément aux roturiers ; cette armée était la représentation, la réduction, pour ainsi dire, de la société d'alors, telles que l'avaient faite notre histoire et les traditions féodales.

C'était encore une armée qui représentait la société du temps, cette armée que Bonaparte promenait à travers toute l'Europe, une armée césarienne, avec un chef tout-puissant, qui commandait bien à une démocratie d'officiers et de généraux. Et c'était bien l'armée de la monarchie de Juillet, celle de la loi de 1832, d'où l'on pouvait s'exonérer à prix d'argent.

Dans toutes ces armées, le soldat sentait la société qui l'accompagnait. Dans des aventures, présente, et pour ainsi dire palpable, dans son organisme militaire. (Très bien, très bien, à gauche.)

Vous retrouverez cela dans les armées étrangères, dans l'armée anglaise, dans l'armée russe, dans l'armée allemande ; les institutions sociales y revivent avec une incroyable intensité. Là encore le soldat peut avoir ce sentiment de la patrie, de la société présente qui l'accompagne, qui combat avec lui sur les champs de bataille.

En est-il de même avec notre loi militaire ? En est-il de même dans notre France démocratique, dans cette France telle que l'ont refaite ses démembrements, ses défaites, sa haine de l'aristocratie, sa passion indomptable pour l'égalité ? En est-il de même dans cette Société où l'apparence d'une vocation religieuse peut soustraire un homme au devoir de servir son pays, où les vocations civiles jouissent du même privilège, et, ce qui est plus insupportable encore, où l'argent est un motif d'exonération.

Est-ce que le soldat aura le même sentiment de la Société démocratique qui combat avec lui, l'idée de sa patrie, de la Société qu'il quitte en arrivant sous les drapeaux, mais dans laquelle il doit rentrer après avoir rempli son devoir ?

Assurément non, Messieurs ! Car l'idée de la patrie n'est pas, comme on le croit et comme on l'a dit, une idée concrète, elle ne se matérialise pas, l'idée de patrie, dans

la forme d'un clocher ou dans la configuration d'un pays
aussi différent et aussi multiple que le nôtre : L'idée de
patrie est dans les mœurs, dans les liens moraux qui
unissent tous les habitants d'un pays.

La France n'est pas une, ni par la race, ni par le sol :
C'est la communauté des volontés, d'aspirations, d'intérêts, et le jour où manquerait dans son armée ce qu'elle a
désiré avec le plus de passion, ce pourquoi elle a fait la
Révolution Française : L'égalité démocratique, ce jour-là
on pourrait dire que la France en est absente. (Très bien,
très bien, à gauche.)

Comment se pourrait-il faire, Messieurs, que le soldat
eût le sentiment que nous lui voudrions inspirer, alors
que l'esprit le plus simple, le plus étranger à la politique,
est frappé de contradictions si éclatantes ; alors que les
faits sont si souvent en désaccord avec nos principes et
avec notre législation elle-même! alors que tous nos Codes
proclament l'égalité devant la loi et que nous constatons
que cette égalité ne s'applique pas à la loi militaire, la loi
la plus lourde qui puisse peser sur tous les citoyens ;
alors que nous entendons à la tribune les Ministres pro-
clamer la laïcisation de l'Etat; dire que l'Etat ne reconnaît
ne protège aucun culte et qu'on constate cependant qu'il
suffit de déclarer qu'on veut devenir prêtre d'un certain
culte pour échapper à l'impôt du sang, alors que certaines
vocations, certaines exaltations, certaines lâchetés dé-
guisées en croyances, peuvent faire échapper un homme
au service militaire? (Applaudissements à gauche.)

Je dis qu'il y a là une contradiction, une antinomie in-
compréhensible et odieuse. Comment! l'État dira à l'enfant : « Tu vois ce clergé, il donne un enseignement tellement contraire à la liberté de conscience que je l'efface de
mes programmes ; tu vois ce clergé : tu pourras être en
rapport avec lui si ton intérêt ou ta famille t'y forcent,
mais, moi, État, je lui interdirai l'entrée de mes classes et
je lui défendrai de mettre un pied dans mes écoles, » et
vous voulez qu'à cet enfant, devenu grand, capable de
prendre les armes et de défendre son pays, ce même État

vienne dire : « Je considère que le recrutement de ce clergé
est une chose si importante et si grave que je sacrifie pour
lui les intérêts les plus vitaux et les plus sacrés de la patrie. » (Nouveaux applaudissements à gauche.)

Ce sont là, messieurs, des contradictions et des antino-
mies que vous ne ferez jamais entrer dans la tête du peuple
et du soldat.

La logique l'emportera toujours sur le respect du Concordat — qui ne s'explique pas du reste sur le recrutement
du clergé — et lorsque vous parlerez de l'intérêt du
recrutement du clergé, le bon sens public nous répond que
l'État n'a pas plus à s'inquiéter de racoller et de recruter
des prêtres qu'il n'a à racoller et à recruter des actionnai-
res pour une société financière. (Applaudissements sur les
mêmes bancs.)

(Chambre des députés, séance du 5 avril 1884).

DISCOURS PRONONCÉ PAR M. Éd. LOCKROY

MINISTRE DU COMMERCE ET DE L'INDUSTRIE

*Le 16 janvier 1886, au Conservatoire des Arts et Métiers,
à l'occasion de l'inauguration de la statue de Denis
Papin.*

MESSIEURS,

C'est à mon tour de vous remercier tous, vous d'abord,
Monsieur le Directeur, non seulement pour les paroles
éloquentes que vous venez de prononcer, mais aussi pour
le zèle qui vous porte, en toute occasion, à défendre le
Conservatoire des Arts et Métiers, auquel d'ailleurs nous
portons tous, soyez-en sûr, autant d'intérêt que vous-
même ; vous, Monsieur Millet, qui avez ajouté une grande
et belle œuvre à toutes celles qui sont sorties de vos

mains ; vous, mon ancien et éminent collègue de l'Assemblée nationale, Monsieur Féray, d'Essonnes ; vous, Messieurs de la Chambre syndicale ; vous tous, enfin, Messieurs, qui avez contribué à l'érection et à la fonte de cette admirable statue, vous tous qui avez eu la pensée de mettre au centre du Conservatoire des Arts et Métiers l'image de Denis Papin.

Si jamais un homme fut digne de la reconnaissance et de l'admiration de la postérité, c'est bien celui qui, maître de toutes les sciences connues à son époque, tour à tour physicien, médecin, mathématicien, s'élève, par un éclair de génie, au-dessus des conceptions les plus hardies de ses contemporains et donne à l'avenir l'outil dont il se servira pour créer les civilisations futures.

Au cours de sa longue carrière, dont un savant digne de le louer, M. de Comberousse, vous racontera toutes les péripéties, Papin avait observé, reconnu, découvert toutes les propriétés de la vapeur, et, dans un de ses plus admirables traités, il avait indiqué les moyens de capturer cette force toute-puissante et de la mettre au service de l'homme.

En faisant cela, il jetait les assises de la société moderne, et il m'apparaît plus grand qu'aucun réformateur quand je me le représente dans son atelier, en face de cette machine encore imparfaite, qui cependant contenait dans ses flancs une rénovation profonde, l'embryon d'un monde nouveau, une transformation du labeur humain.

Comprit-il alors toute la grandeur de sa découverte et la répercussion qu'elle allait avoir dans les âges à venir ? Vit-il, à ce moment, la vieille géographie bouleversée, l'Amérique se rapprochant de l'Europe, les distances supprimées, les peuples échangeant leurs produits malgré l'obstacle infranchissable des montagnes transpercées, les violences des vents et des marées vaincues, les océans impuissants à arrêter la marche des vaisseaux, les usines et les fabriques groupant les multitudes industrielles, enfin les magnificences d'un monde inconnu dont il semait le germe, et qui, deux siècles après lui, devait éclore ?

Hélas ! probablement non. Des changements si profonds ne pouvaient apparaître clairement à son esprit. Il n'est pas donné à l'homme de mesurer la portée de son œuvre. L'avenir échappe même à la clairvoyance du génie.

Mais s'il fut impossible à Denis Papin de deviner les conséquences de sa découverte, il semble en le lisant, en considérant sa vie si agitée, si laborieuse à la fois, qu'il ait eu l'intuition secrète de la grandeur de son rôle.

La légende qui parfois explique l'histoire et qui souvent la complète, nous montre un Denis Papin arrivant à la réalisation parfaite de son œuvre commencée. Je ne sais s'il est exact qu'il ait construit un bateau à roues, marchant à la vapeur, et qu'il fut détruit par la hache des mariniers du Weser ; mais si cela n'est point arrivé, il faut convenir que c'est l'histoire qui a tort.

En nous montrant le génie parvenant du premier coup à l'apogée de la science, la légende a été logique ; elle a été vraie en nous représentant l'ignorance, l'envie, la force brutale s'acharnant à anéantir les plus nobles conceptions de l'esprit humain.

Denis Papin compte parmi ces grands révolutionnaires pacifiques, dont la pensée, incomprise ou négligée par leur siècle, doit, après bien des générations, changer la face de la société et du monde. Reconnaissons-le ici, bien haut, devant cette statue qui le représente : les réformes profondes, les progrès sur lesquels on ne peut plus revenir, c'est la science qui les accomplit et qui déroute ainsi les prévisions en apparence les plus justes des politiques et des hommes d'État. L'avènement de la vapeur a été pour la société moderne un absolu renouvellement. Elle a modifié son mode d'existence, ses habitudes, ses mœurs, ses lois mêmes, et le changement survenu dans la vie matérielle s'est aussi étendu au monde intellectuel et moral.

La vapeur n'emporte pas seulement à travers les mers et les continents, des colis et des voyageurs, elle sème encore des idées civilisatrices, de solidarité, de liberté, de justice et de progrès.

Denis Papin s'empara de cette force incomparable pour

la mettre au service de l'humanité, et il fut chassé de son pays !

Ah ! Messieurs, qu'elles sont horribles ces haines religieuses qui ne pardonnent ni à l'honnêteté, ni au génie ! Qu'elles ouvrent de hideuses parenthèses dans l'histoire ! Maintenant encore, nous souffrons de la révocation de l'édit de Nantes : ces proscrits de Louis XIV nous retrouvons leurs noms jusque dans les armées étrangères !

C'est en Angleterre, en Italie, en Allemagne que Denis Papin dut traîner sa science et sa misère ; c'est hors de son pays qu'il a été condamé à immortaliser ses découvertes ! Il nous est resté malgré tout. Et nous pouvons aujourd'hui, reniant le passé, maudissant le fanatisme qui l'expatriait, saluer en lui une gloire française.

Son image ne pouvait être mieux placée qu'ici, Messieurs, dans la cour de notre Conservatoire, entourée de ceux qui l'admirent, qui, si éloquemment, expliquent sa pensée et son œuvre et qui continuent la grande tradition des savants de notre pays, tradition faite de probité, de labeur constant et de supériorité d'esprit.

Qu'il reste là, dans ce domaine qui lui appartient, comme un modèle et comme un exemple. Que vos jeunes élèves jettent les yeux sur lui en se rendant à leurs salles d'études ; que son souvenir leur reste pendant les longues heures de travail, et qu'une fois entrés dans la vie, ils continuent à admirer sa pauvreté et sa gloire !

PRUD'HOMME ET CARABAS

Grand, sec, haut, étroit, bien mis, impertinent, dédaigneux, amer et en même temps plat, obséquieux et servile ; tyran devant la faiblesse ; valet devant la force ; orgueilleux ; hâbleur, gascon et pourtant hypocrite ; inepte et cependant rusé ; voltairien en dedans, jésuite au dehors méprisant Veuillot, et lui tirant sa révérence, parce que Veuillot est bien avec Rome, et que le catholicisme ultramontain a survécu à toutes les révolutions; campagnard et ignorant; ennemi du peuple, adversaire déclaré de la science, de la raison, de la logique et du progrès; lièvre en temps de crise; bête féroce en temps de paix; admirateur enthousiaste de M. de Maistre, qu'il n'a pas lu, et de M. de Bonald, dont il a entendu parler; homme « d'autorité », qui veut accaparer les ministères et qui est tout au plus bon à peupler les antichambres; être fragile et hautain, capable de bouder vingt ans, au fond de sa gentilhommière; trop vaniteux pour servir le gouvernement d'un bandit corse, trop poltron pour le combattre; abonné de l'*Union* et du *Français*, que le hasard d'une révolution et d'un désastre a jeté sur un fauteuil à la Chambre : c'est le marquis de Carabas.

Un crâne chauve, des lunettes, un faux-col et des aptitudes calligraphiques remarquables : c'est Joseph Prud'homme. Prud'homme n'est plus l'excentrique que nous a peint Henri Monnier. Prud'homme est un personnage riche, considéré, lettré, spirituel, quoique toujours borné. Il écrit au *Journal des Débats* et envoie des articles à la *Revue des Deux-Mondes*. Buloz estime sa prose. Elle a le « nombre », l'harmonie et le poids voulu; elle a, comme ces femmes qu'admiraient les Grecs, la démarche d'une « oie grasse ». Prud'homme est décoré de plusieurs ordres; il est « membre du conseil d'administration du chemin de fer de Saint-Jean-Pied-de-Port à Tombouctou; Prud'homme, quoique rallié à l'empire en même temps que M. de Sacy et M. Odilon Barrot, a conservé toujours pour la famille d'Orléans une « sympathie respectueuse ». Prud'homme est devenu un homme politique. Il trouve M. Thiers « un peu avancé », et il craint ses incartades démagogiques. Prud'homme pense que le salut de la France est dans la « Modération ». Il espère nous sauver avec trois « points-et-virgules » qu'il a introduits dans « l'exposé des motifs » d'une loi qui sera discutée l'année prochaine. Le hasard des révolutions a fait de Prud'homme un député. Le jour où il entrera à l'Académie, il succédera à Saint-Marc-Girardin.

Prud'homme et Carabas sont amis.

Carabas hait la Révolution et la démocratie. La Révolution veut lui enlever ses croix; lui supprimer la cour, lui interdire les antichambres; l'abandonner dans son petit castel ; le dépouiller de son prestige; le réduire à sa valeur d'imbécile. Carabas rêve un gouvernement fort. Il veut un roi légitime qui protége l'aristocratie, qui réserve les bons emplois aux nobles, qui dote les filles qui vont à la messe, qui subissent les influence du clergé. Carabas espère dominer la bourgeoisie et tenir le peuple dans l'abrutissement. Il demande la pairie héréditaire; il ne voit point la nécessité d'une Chambre de députés. Qu'on apprenne aux malheureux qu'ils sont sur la terre pour souffrir sans se plaindre, c'est l'affaire d'un clergé omnipotent; qu'on fusille les malheureux s'ils se révoltent, c'est l'affaire d'une gendarmerie toute puissante. Voilà en deux mots, la politique de Carabas. Carabas ne souffre point qu'on lui parle de l'instruction obligatoire, parce que l'instruction affranchit la « multitude » de la domination cléricale et que l'intelligence des autres fait ressortir sa nullité propre. Carabas ne souffre point qu'on lui parle de service obligatoire, parce que Carabas veut qu'on exempte ses enfants du service militaire ; Carabas trouve ridicule l'impôt sur le revenu, parce que Carabas ne veut pas payer d'impôts ; Carabas supprimé les pétitions qui demandent la dissolution de l'Assemblée, parce que Carabas sait bien qu'il ne serait pas réélu. Carabas conspire parce qu'il est incapable, soit d'administrer, soit de gouverner son pays. Carabas travaille au renversement de la République.

Prud'homme hait la démocratie. La Révolution veut lui enlever ses croix, lui supprimer ses monopoles, contrôler ses opérations financières, mettre le nez dans ses comptes, lui interdire les sinécures, le rendre à la situation modeste qui lui convient. Prud'homme est ambitieux et avide. Il croit que sa race et sa famille ont remplacé la noblesse d'autrefois, dégradée et avachie. Il prétend hériter de ses privilèges. La tempête de 89 a été déchaînée à son profit. Il compte en tirer des bénéfices. Il spécule sur la Déclaration des Droits de l'homme. C'est pourquoi il s'intitule : libéral. Prud'homme rêve un gouvernement bourgeois. Il veut un roi-citoyen, qui ne dédaigne point l'aristocratie, mais qui accueille les épiciers. Il rêve un gouvernement qui tripote dans les affaires de compte à demi avec les entrepreneurs, qui appelle ses amis au partage des dividendes. Prud'homme réclame la bascule des deux Chambres et le cens électoral. Nul ne sera électeur que lui et sa « clique ». Il achètera les suffrages, parce qu'il a de l'argent. Il intriguera auprès des ministres ; il bouleversera le gouvernement pour obtenir une place; il ébranlera le trône et l'autel si on lui refuse un emploi. Prud'homme édictera de bonnes lois contre les grèves et contre les associations; il ne veut pas que les ouvriers le gênent. Ne parlez point à Prud'homme de l'instruction obligatoire ; l'instruction développe dans le peuple des idées d'indépendance qui sont tout à fait subversives. Ne lui parlez pas du service obligatoire : Prud'homme veut que les pauvres seuls aient la gloire de mourir au champ d'honneur. Ne lui parlez pas d'impôt sur le revenu : Prud'homme tient à ses gros sous. Ne lui parlez point de dissoudre l'Assemblée : Prud'homme tient à son traitement, et Prud'homme sait qu'il ne serait point réélu. Prud'homme conspire avec Carabas. Prud'homme travaille au renversement de la République.

Mais Carabas méprise Prud'homme. Ce boutiquier conquérant, sorti d'une échope, qui doit tout aux crimes de la Révolution, qui se mêle de trancher du politique, d'écrire, de gagner de l'argent, d'usurper les droits de la noblesse, d'aspirer à la pairie, de vouloir régner, qui plaisante quelquefois les gentilshommes, qui tient au drapeau tricolore, qui exige des chartes, qui va à la cour, ce boutiquier le dégoûte et l'horripile. Au fond, ce n'est qu'une « espèce ». S'il consent à l'accepter pour allié, lui, Carabas, marquis, fils des Carabas qui ont pris Jérusalem, c'est que la société est bouleversé. Mais, la société remise enfin sur ses bases, Carabas sait bien ce qu'il aura à faire. Carabas remettra Prud'homme à son rang. Carabas reléguera ce bel esprit parmi les domestiques; Carabas lui reprendra les privilèges qu'il a si indignement volés; Carabas lui apprendra le respect; Carabas lui mettra une bonne taxe sur ses revenus ; Carabas lui imposera le service militaire; Carabas le flanquera à la porte des Assemblées. Prud'homme, ici !... Allez coucher, Prud'homme!

Mais Prud'homme méprise Carabas. Carabas est un vieil impuissant; un vieil ignorant; une vieille bête. Il ne comprend rien à l'esprit moderne. Il est incapable d'avoir une idée. Il ne sait même pas gagner de l'argent. Il est borné à force de préjugés. Il croit à la « noblesse du sang », ce bonhomme. C'est un pur crétin. Prud'homme qui a de la littérature, Prud'homme qui écrit aux *Débats*, Prud'homme dont les articles font la joie de M. Buloz, Prud'homme qui a inventé la philosophie de M. Caro, la musique de M. Auber et les tragédies de M. Ponsard, Prud'homme le dédaigne profondément. S'il consent à devenir l'allié de Carabas, c'est que la société est profondément troublée. Mais, la société remise enfin sur ses bases, Prud'homme renverra Carabas à son castel; Prud'homme placera Carabas dans une vitrine du *museum*, entre une momie en décomposition et un crocodile empaillé; Prud'homme empêchera Carabas de voter parce que Carabas ne paye point deux cents francs d'impôts. Prud'homme reléguera Carabas dans les antichambres. Prud'homme mettra Carabas à la porte de la résidence royale. Otez de là cette buse! Débarrassez-nous de ce mollusque !

Prud'homme et Carabas sont amis.

Il y a bien, de temps en temps, de petites brouilles. On rencontre bien parfois de petites questions sur lesquelles on n'est pas d'accord. C'est peu de chose. Carabas et Prud'homme sont amis. Ils ont conclu une alliance offensive et défensive. Ils collaborent à prolonger le « provisoire », à empêcher les réformes, à étrangler le progrès. Carabas s'empare de l'instruction publique; Prud'homme met la main sur le suffrage universel. Carabas souffle la lumière; Prud'homme confectionne l'éteignoir. Prud'homme appelle les « honnêtes gens » à la rescousse. Carabas sollicite l'appui du clergé. Carabas prétend que la société moderne lui appartient et que seul il la représente. Prud'homme assure que l'avenir est sa propriété exclusive. Puis Prud'homme s'enfonce dans sa chaise curule, assure ses lunettes et déclare qu'il ne s'en ira jamais; puis Carabas se plonge dans son fauteuil, enfonce sa perruque et se proclame éternel.

Ils sont amis. Ils se donnent la main. Ils s'embrassent. Et pendant ce temps-là, il y a cent mille Allemands en Champagne; la Lorraine crie : au secours! l'Alsace crie : à l'aide ! et M. de Bismarck allonge sa griffe du côté de la Franche-Comté.

(Le Rappel, 23 mars 1872.)

Imprimerie de Poissy — S. Lejay et Cie.

PROGRAMME

A mesure que la République, au prix des plus grands sacrifices, répand l'instruction dans toutes les classes de la société, le besoin de lire devient chaque jour plus grand, le champ de la curiosité intellectuelle s'élargit; déjà, par la presse, des notions sommaires circulent à travers la masse des citoyens, éveillent en eux la volonté de connaître plus complètement les hommes et les œuvres dont le nom passe sans cesse sous leurs yeux:

Mais, pour satisfaire ces légitimes aspirations, que d'obstacles surgissent devant la grande majorité des lecteurs. D'une part, le prix élevé des livres; d'autre part, la difficulté de faire un choix, d'opérer une sélection dans la liste parfois considérable des ouvrages de chaque auteur.

Ces considérations nous ont déterminé à fonder, sous le titre : *Les Livres du Peuple*, une bibliothèque républicaine qui, sous un format élégant, et pour un prix insignifiant, fournira aux hommes avides à la fois d'instruction et de saines distractions l'aliment généreux et réconfortant dont notre littérature française est une source inépuisable.

Dix centimes le volume, 36 pages de texte, contenant une œuvre ou des fragments d'œuvres à la fois intéressants et instructifs, signées des noms les plus illustres de notre pays; c'est là que nous avons trouvé la solution du problème. Chaque semaine, dans la chambre du travailleur un nouvel hôte viendra s'asseoir pour lui donner des enseignements ou éveiller son imagination, et à la fin de l'année, ces volumes formeront une sorte d'encyclopédie de la pensée humaine.

Des illustrations soignées y ajouteront un attrait particulier.

Nous estimons que, dans le développement de la conscience républicaine, dans la notion juste des droits et des devoirs, réside l'avenir de notre pays. Nous avons la ferme conviction qu'il faut combattre par l'instruction rationnelle les enseignements mystiques et faux du cléricalisme. Notre Bibliothèque sera une arme de propagande démocratique et nous avons l'espoir que le public nous aidera à la porter haute et ferme dans la lutte de l'obscurantisme contre la pensée libre.

Histoire, philosophie, théâtre, romans, sciences physiques et naturelles, industrie, toutes les branches des connaissances humaines trouveront place dans *les Livres du Peuple*.

Nous avons confié la direction de cette œuvre éminemment utile à M. Jules Lermina, dont le républicanisme éprouvé, le talent littéraire et la grande érudition sont pour tous le garant des tendances qui seront imprimées à notre Bibliothèque et du goût qui présidera au choix des publications. Tous les républicains voudront lire et propager ces excellents livres.